句集
潜伏期

橋本喜夫

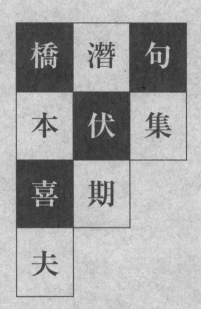

書肆
アルス

序句

中原道夫

笹鳴や雌伏それとも潜伏期

句集 潜伏期*目次

装釘　中原道夫

句集 潜伏期

何かの潜伏期

2005年（平成17年）

人獣の違ひ一万年の野火

恐龍の死因を思ふ花粉症

つちふるや通夜の深酒する父に
ふらここのとなり死にはぐれてをりぬ

いま遠きバベルを思ふつちふれり

初恋や暮春を載せてゆく海馬

うかれ猫屋烏（をくう）の愛となりにけり

万愚節縁に時効なかりけり

教授選に出馬することにする

暁闇の科挙に落ちたる春の夢

父は南方戦線九年以上配属

南溟に死なず弑逆のやませ吹く

光冠を放ち毛虫の焼かれたる

水夫（かこ）死せり舟虫はみなそれを知る

薔薇匂ふいつも何かの潜伏期

この星は小さき病室朝の虹

母がゐる短夜のミトコンドリア

体細胞のうちでミトコンドリアＤＮＡだけはすべて母親由来

檣頭（しやうとう）に触るるものなし天の川

鷹渡る天に二日のなかりけり

紅葉且つ散るや鬼哭のこゑもなし

爆撃で父の右耳は難聴

戦聾の鼓膜に届かざる霧笛

木星（ユピテル）は懈怠に廻りつづく秋

師には師がゐて徒雲（あだぐも）の上も秋

リゾールのいまさら匂ふ秋の暮

母が言ふ手がさみしくて夜なべする

蟷螂のさみしき斧鉞（ふゑつ）ふるひけり

窓枠に嵌め殺されてゐる無月

檸檬置くいま一隅の砂嵐

秀野忌の月をひとしづくと数ふ

やや寒し橋本喜夫妻由美子

舫ひ舟霧にやすらふこともあり

綿虫やおろかに摑む不羈の空

枯野行く地球に放し飼ひされて

凍鶴の一輪にして燿へる

年末に父脳出血、昏睡に至る

年詰まる父のことのみ思ふとは
父生きてかすかな音をなせる雪

天眼をとり落したる雪達磨

断弦のごとくに止みしたびら雪

鼠径部といふくらがりの嫁が君

片翼の鷹

2006年（平成18年）

春愁が合せ鏡にをさまらぬ

母泣かすことのたやすき花御堂

溶暗にして暮れなづむ春の雪
ルビをふるやさしさに似て春の雪

かねてからの希望が叶い厚生病院へ出向

左遷とは心臓の位置山笑ふ

山笑ふ泣いて馬謖を斬るときも

盆の窪誰もが春の闇を持つ

明易や空の縹(はなだ)へ向ふ月

時の日の一分にまた一人死す

彗星の尾にゐるごとく涼むなり

死にたればあかるき水の金魚玉

曝書してわづかに被曝する仕事

ダ・ヴィンチの秘密どうでもいいダリア

シェリー酒に桜桃しづむ夜なりけり

薄情を薄の情と思ひけり

曼珠沙華疫病（えやみ）は海を渡りけり

匕首の月空の深処に疵もなし

菜虫とりＮＡＳＡの研究費をけづる

小牡鹿に逐電（ちくてん）の脚ありにけり

わたつみの月の甍を鳥渡る

ゆるやかに地球を縛す天の川

一眼のぎすが片眼をさがすなり

茶立虫静寂としじま嘆き合ふ

爆発はくりかへします大銀河

万物に核ありにけりラ・フランス

手になじむ手帖ほつれて暮古月

手を垂らす手術(オペ)終ふるとき凍つるとき
かまいたち綺麗に縫って泣かれけり

略歴に略されてゐる枯山河
片翼の鷹憎しみをいつくしむ

さみしくて死ぬことのあり白兎

寒蜆かすかに動きたる銀河

綿虫のよべの高処をあらそはず

ウイルスに亡骸はなし風邪寝する

一日の患者数が平均百二十を越えるようになった

過労して冬山の死を夜に思ふ

寒立馬風の孤島となりにけり

欠盈の海を鎮めてクリスマス

花びらのごときを余す粥柱

誘蛾燈

2007年（平成19年）

春暁やいつか遺品となる眼鏡

死ぬほどの幸（さきはひ）もなし春の雪

咲き満ちて花に舂くことのあり

養花天朝刊の死を折りたたむ

告知して下さいますか春の月

海知らぬ貝のままなるかたつむり

光速で走り去るもののカフカの忌

六月三日

誘蛾燈われらひとしく愉快犯

虹の朱よ凱歌はいつも血塗られて
形代の一人冥府へ歩き出す

枇杷すする小さき汀抱くごとく
青蜥蜴緑柱石の中に死す

父といふさみしき庭に小鳥来る

群盗のごとし蝦夷の秋が逝く

鵙高音マクベスははや怖気づく
双涙の一条となる天の川

紅葉且つ散るや無可無不可（かもなくふかもなし）

海鼠あり神々に不備ある如く

不忘山（わすれずのやま）は盲となり吹雪く
まだ融けぬ二人（ふたり）使（づかひ）の唇の雪

垂直に雪は檄詩のごとく降る
失くしては溜まる片手袋の国

はつかなる川となりゐし雪螢

ある日わが不在に気づく冬の虹

はらわたを捨てにゆく水夫(かこ)雪の暮

うつつよりうつつしみ匂ふ冬花火

白障子神を見しものなかりけり

美しき日本でありしころの羽子

歳月を統ぶるものなし初山河

風葬の街

2008年（平成20年）

生きものはなべて孤独死梅ひらく

引鶴の空やはらかく分けらるる

卒業や人間につく極書（きはめがき）

小鳥引く柩のごときオルゴール

虚子の忌のいまも絢爛たる不在

せつせつと時空をけづる雪解川

春愁や鳩は時計にひきこもる

小石にて誤爆となりぬ蝌蚪の国

春愁がブラックバスのごとくゐる

梅雨の月通夜に小さき傘を借る

点滴や水の器となりて夏至

スキルスとさみしく韻を踏む五月

父の日や代はりに犬が叱られる

多忙のためか医師の間で心の病相次ぐ

明易や老いゆく前に壊れたる

鬱王が薔薇の湯浴みをつづけをり

夏至の夜や食虫植物にうたげ

夜の秋の己が蹄の音を聴く

黒百合の相対死（あひたいじ）にのあと開く

魂のらせんを抱く蚊遣かな

燈台に凭れば吐息のごとく海霧

落蟬の水惑星にたどり着く

海は海に溶けやうとする水母

やませ来るその日必ず犬殺し
散らすもの虫垂炎と蜘蛛の子と

乗り捨てや樟脳舟に生霊（いきすだま）

陰（ほと）なめて夜寒の犬となりにけり

腰痛対策でプールへ通うも長続きしなかった

軽みとはプールで歩く秋の暮

芒原さみしき月を活けにけり

冥王星(プルートー)けぶる檸檬をしぼるとき

秋の虹忘れじとして忘らるる

星飛んで欠落の闇嵌めてゆく

名の木散る杭（くひぜ）のごときアイヌ塚

風葬の街をはるかに鳥渡る

いま死にし陰（ほと）も拭かれて天の川

白餡の鯛焼こころぼそからむ
箱庭の冬はさみしき舟となる

すれ違ひながら間遠の冬夜汽車

寒林に手負ひの鹿のごとくゐる

クリスマスキャロル弱電流くぐる
呼び交す白鳥怒号にはあらず

止まり木に爪が食ひこむ檻の鷲

降る雪のたやすく過去となりにけり

狼はさみしき異郷かけめぐる

赦すとは見捨つることに似て寒暮

化野や真冬と真冬なびき合ふ

妻の口歌

2009年（平成21年）

妻はほんとうによく眠るひと

春暁や運河のやうに眠るひと

あたたかし恤（あはれ）むてふ字血がかよふ

春の夜の折鶴胸に置き飛ばず
ふらここの月夜に弦を垂らしけり

問診は相聞に似て百千鳥

未執行死囚のごとく桜待つ

海明や妻の口(くつ)歌(うた)みな挽歌

夕鶴のそうどを演じ卒業す

こころとは顔のなきもの心太

死を集めては帯電の誘蛾燈

籐椅子やどこへも行かぬことも旅

噴水や白布の上の睡眠薬（ハルシオン）

角出して遠祖を思ふかたつむり

誘蛾燈自爆のあとのしづかなる

わが使ひ古しの臓器明易し

かすかなる必然にして螢死す

自販機に伏流水の眠る夏至

腕（ただむき）を濡らす釧路の海霧深し

花火殻未明の海にのまれたる

月明や生者のための把手（ノブ）ひとつ

大国は死者を語らず秋の虹

白桃に消えがての痣ありにけり

湯冷めして何やらレトルトの気分
テレビでは誰かが詫びる多喜二の忌

越冬の病みつくこともなき遺髪

地吹雪や泪はつひに地に触れず

新聞に巻かれ新巻鮭しづか

子供のころからの大の相撲ファンだが

初場所や蒙古高句麗（むくりこくり）の雨が降る

いつまでも廻る独楽なし寝るとせう

いねつむや老衰といふ病なし

口を出て毬歌われのものならず
蓬莱や自死者三万人の国

初会議

2010年（平成22年）

流氷野星の断崖（きりぎし）動きけり

鶴引いて遺響の空となりにけり

卒業や雪になりそこねたる雨

はまぐりに横隔膜のやうなもの

啓蟄やわがしろがねのアスピリン

万愚節七歩之才（しちほのさい）を得たる夢

みぞおちは冥府のごとし白魚汁

初桜けふを選んで咲きにけり

リラ匂ふなかを黒衣の列すすむ

出張で釧路へ行くこと増えた

潮くさき桜は海を見てゐたり

わが死後を廻りつづける扇風機
左遷とは酢びたしの海鞘目にしみる

短夜や運び出されてゆく臓器

鮨廻るまた蛸が来る蛸が来る

掌の螢かすかな街の燈となりぬ

蝙蝠傘（かうもり）は流氓に似て海霧深し

暗緑の忘却にゐるかたつむり

地下鉄の窓に夜寒の我と遭ふ

流星と呼べ無名にて死ぬ星を
われはわが在り処をさがす霧笛かな

だますよりだまされやすき鳥威

嫌はれてしまへば無敵なるカンナ

こほろぎの間遠に鳴きて間近なる
なかぞらの無一物（するすみ）となる望の月

大枯野血潮は高きへと流る

初雪は廻り舞台の裏に降る

カンブリア紀あり地球に海鼠あり
流鬼（サハリン）にかのエゾオオカミの滅ぶ

冬ざれや鸚鵡は死者を口真似す

朝が来てこの世に雪の橋架かる

湯を抜いてさみしき柚子に戻りけり

凍てを解き鶴は夜汽車のごとく鳴く

しまく夜をひとは遺族として生きる

寒蜆水に殺されつつありぬ

磔刑(はりつけ)の蜘蛛あるきだす神の留守

番台の女湯側の鏡餅

初明り海に扉（とぼそ）のなかりけり

初会議霊安室に集まりぬ

燃費の悪いひと

2011年（平成23年）

草餅や父母たづね来し匂ひあり

きさらぎの誰の忌といふこともなし

水温みゆく二心房二心室

あまつさへ海のさみしき雲雀笛

来ぬひとを故人と思ふ桜かな

螢烏賊ほどの肉欲ありにけり

咲きのぼるごとくに止める春の雪

銀化の連衆と松前の桜を見る

花嵐わが跛（あしなへ）を歩ましむ

濡れ猫のやうな桜を見て帰る

流氷に粗挽きの波来てゐたる

やはらかに押しかへす海雪解川

寒明やメスは葬るものならず

くちびるに咲く熱の花万愚節

神はもう死んだかと鳴く揚雲雀

ペンギンが飛ぶ遠足の列の上
明易や泪は耳に来て止まる

風鈴を下げて仮寓と思ひけり

蟻の道破局（カタストロフィー）へとすすむ

どくだみや神の悪意のごとく咲く

短夜の風呂で溺死をする俺か

手花火のこんな近くにゐてはるか

海霧深し不幸みせびらかすごとく

花氷劇中の死のうつくしき

窓を打つ火蛾境涯をくりかへす

時の日の歯車のまた絡み合ふ

擦り切れて鳴く螽斯(ぎす)よ死は他人ごと

十一月十二日父逝く、くしくも「いい皮膚の日」

父逝くや小春日を背に置くやうに

父死して新米の飯炊かれけり

あきつばめ洗はれてゐる父の四肢

着ぶくれて喪主はあたふたするものか

冬虹のかすかに折れる音がする

冬ざれや父の死に化粧をこばむ

人中の轍と思ふ噓かな

時雨とは父の火葬を待つ時間

成人の日のぼこぼこのアルミ缶

眠れない羆死ななきゃなほらない

人はみな語らず竈猫の死を
オホーツク２号雪嶺側に座す

半島は何も抱かず尾白鷲

白鳥座（シグナス）のつばさしづかに冬銀河

大寒の合併先のなき故郷

寝てばかりいる妻へ

去年今年燃費の悪いひととゐる

夏風邪

2012年（平成24年）

死ぬために使ふ歳月つりしのぶ

宵宮を帰る投降兵のごと

妻発病

わが死後に死すべきものに落し文

梳きやれば髪抜けやまず青嵐

病む妻に泪拭かるる明易し

妻のなき西日の卓となりにけり

はつなつのアルバムに死が貼りつきぬ

一輪のわだつみに似て薔薇ひらく

蟬の穴思へば使ひ切るいのち

乾杯の触れ合はぬ距離ビアホール

いつもどこかに夏風邪の妻がゐる

北極星（ポラリス）のどこへもゆかぬキャンプかな

かくれ喪のごとく夏炉を焚きにけり

その人の死を肯(がへん)ぜぬ夏炉かな

紙魚はしる浩瀚にして荒野あり

蛸壺のしづかな修羅となりにけり

妻入院

病棟に叱られにゆく星まつり

治療後の妻ゐて秋の木の葉髪

抗がん剤を変更する

一度だけ奇蹟を信ず秋の薔薇

喪の家に流燈の着くごとく帰す

蓑虫よわれを下取りしてくれよ

松茸も小さな被曝してゐたり

病む妻に月を送信して眠る

モルヒネが効く、効きすぎと思うほど

長き夜を永久のごとくに妻睡る

食べられぬ妻に新米すすめたる
木槿とはむくろの上に繁る花

長き葬列に霧さなきだに霧
わが野辺に送るひとなし雁渡し

虫籠のよく鳴く方の虫が死ぬ

秋日濃し逆光に死を語る医師

一輪を挿して一壺の水の秋

流れ星わが星霜とすれちがふ

帰路もまた途上に似たる霧笛かな

秋桜バス停に来ぬひとを待つ

流燈を見殺すやうに見失ふ

少年はかなし星まつりの居留守

羊羹をメッタ刺しする生身魂

名があれば死ぬとき便利草の花

長き夜の厨に話しかけてみる

輸血して妻は返り花のごとし

水洟やわれ遺児めきて立ち竦む

葱を切る女をけふの神とする

妻抱けば涸瀧仰ぐごとくなり

室咲きや妻ゐて明日には触れず

すこしづつ死にゆくを凍蝶と呼べ

十二月四日早朝妻逝く

ホワイトアウト妻は今朝瞑りたる

わが顔の死を恋ふごとく氷面鏡

歳暮れて老後の来ない夫婦かな

老残のごとく冬日に遺さるる
転生ののちのしづけさ雪うさぎ

深雪晴こんなしづかに列車混む

仏壇をひきとることも冬構

息止めて溺死を思ふ冬の虹

斎場の奥に枯野のつづきけり

拙きはつたなく狂へ返り花

年うつる銀河は真水よりあはし

鶴のこゑひかりを分けて来たりけり

霊柩車澪ひくごとく雪を行く

わが胸に梟の棲む雪籠

狼藉のやうに香焚く大旦

賀状来る失ふもののなき俺に

繭玉ゆする妻を思ふたまゆら

日記買ふ妻のすべてを過去にして

初夢の妻はふたたび死ににけり

妻のなき余生凍瀧にも似たる

寒明や雪は真顔に降りつづく

曼陀羅に遺影のならぶ雪朧

白梅やそらのどこかに棲めるひと

扉をあけて妻まぶしがる彼岸かな

若草に妻はけむりのごとく佇つ

花の下手榴彈のピンを拔く

夜桜や鯛焼に手をあたたむる

踏み絵して再婚話はじめたり

順縁に死ねぬこの世の寒明ける

死者たちの水を撒きたる穀雨かな

こんにゃくの不憫を思ふ針供養

長き長き霧笛

2013年（平成25年）

放置自転車春光を放つなり

鳥になる約束をして雲に入る

暮春とは停車場のなき縄電車

舂（うすづ）けば炉心のごとしよなぐもり

春暁や肌（はだへ）の匂ふ喪の枕

きぬさらぎ松は斜めにして愚直

シャツのタグ首に刺されり三鬼の忌

瑞穂なる語彙うつくしき弥生かな

人間に生き腐れある春炬燵

ねぎらひを弔辞と思ふ夕桜

家にゐて家なつかしき朝桜
白酒やひとりの声を肴とす

故郷やいづこも春の堰に会ふ

花まつり妻の納骨堂を買ふ

思ひ出になるまで遠し月日貝

鮎の香や幽冥の口あけて喰ふ

清流になりたし螢病むゆゑに

疎んずるまま母の日の二度と来ず

父の日の休み休みに莫迦を言ふ

日傘ゆくみな死者のごと貌もなし

舷(ふなばた)のやうに匂へる夏炉かな

紙魚ひとつ折り目正しく死ににけり

形代やわづか一人を守れざる

竹夫人梟の貌振り返る

父の遺骨を母の眠る釧路の墓へ

海霧深し父の遺骨が旅荷なる

黙禱の間も噴水の立ち上がる

うすものの抱きくづれたるかたちかな

劇薬の棚に置きある水中花

永劫の中のあとさき螢死す

裸木のなか縊死（くびつり）の木もありぬ

水餅や遠からず死は水漬くもの

綿虫や死の量感を持て余す

祭壇に稜線のあるクリスマス

凍鶴や切り火のごとく息放つ

星へ航(ゆ)くやうに細氷塵くぐる
冬深し自分のこゑに目が覚めて

釧路

凩の嘶（いななき）橋を渡りけり

寒昴燈さねば家なきごとし

大年の街に白面取り落とす

死後のこと言ひさして寝る木の葉髪

手繰るほど遠のいてゆく毛糸玉

風花を載せて忌の膳届きけり

根雪来て妻の三回忌を修す

吹雪く中燃料棒のごとく立つ

眠るべし虎落笛さへ下僕（しもべ）とし

岳父あり枯野のやうな背中もつ

地吹雪を破船のやうに歩きけり

凍鶴の動かぬ修羅となりにけり

手枕に犬が寝てゐる初明り

おろかにも父に似てゐる初鏡

寡男（やもを）とはぬけがらのことななかまど

露寒や電子カルテに妻在りぬ

早すぎる咲くコスモスも逝く夏も

逝く夏や時間(とき)こそゴールなき走者

深井より空を覗けば星月夜

天の川柱時計は夜を水漬く

ちちはの納骨終へしとき霧笛

走馬燈ひとつは照らし合へぬ数

月光の返却口に妻の遺書

どぶろくや寡夫に禁じられた遊び

もう誰も居らぬ化学療法室（ケモしつ）けふの月

戸籍にて死して空欄はつあらし

虫籠（むしこ）あり使へぬ引出物のごとし

星月夜死体置場（モルグ）のごとく静もりぬ

はつあらし死にゆくものに嘘少し

父の家手放す霧笛告げわたる

長き長き霧笛そして爺になる

息子夫婦に子が。妻も見ていると思う

あとがき

『潜伏期』は私の第二句集であります。二〇〇五年（平成十七年）から二〇一三年（平成二十五年）までに、「銀化」、「雪華」、俳句総合誌などに発表した約二六〇〇句から四〇四句を自選しました。

第一句集の『白面』を上梓したのが平成十七年。四十歳代でしたので、十四年の歳月が流れました。この十四年間に、二十二年以上勤務した大学病院を離れて現在の病院に籍を移しました。そして、父と妻を喪いました。

その後、息子は結婚して孫が生まれ、爺になりました。二〇一六年からは、前主宰深谷雄大先生より拝命し、俳誌「雪華」の主宰を継承しています。

第二句集を早く纏めないとどんどん億劫になると、数年前から思っていましたが、選句の過程で、父のこと、妻のこと、看取りの頃のことなど思い出すことが想定されましたので、敢えて放置していました。五十歳代にも句集をと、当初は漠然と考えていましたが、あまりにもいろいろなことが重なって、それどころではなかったというのが率直な気持ちです。

妻は平成二十三年の五月に発病し、六月に診断がついた時は、転移性尿管腫瘍の状態で、ステージ4でした。病名は神経内分泌細胞がん（悪性ＮＥＴ）で、現在でも希少難治癌のひとつです。

彼女は五十歳の誕生日を旭川医大腫瘍病棟のベッドで迎え、そのわずか四十日後の十二月四日早朝に亡くなりました。この日の朝は、数時間に四〇センチ以上の大雪が降っていました。息子を助手席に乗せてホワイトアウト状態のなか、何度か車ごと雪に埋まりそうになりながら、大学病院に向かったことだけ記憶しています。二十五年以上臨床医を続け、少しは他人のお役に立てるような医者になったかなと自惚れていた矢先でした。私にとって一番死なせてはいけない人を逝かせてしまった後悔と無力感が思いのほか強くて、正真正銘の「やぶくすし」になってしまいました。その後の九年間はひっそりと勤務医生活を送っています。

今回第二句集を纏めるにあたり、自分の句を俯瞰的に読むと、なんでこんなに暗くて深刻な俳句が多いのだろうとすこし呆れてしまいます。ただ、この期間になんとか正常な精神状態で仕事をこなし、生きて来られたのも、俳句が生身の私の身代わりになって、慟哭してくれたお陰かもしれないと思うようになりました。そういう意味では俳句という文芸、そして俳句を通じて知り合った友人たちには、感謝しても感謝しきれません。

最後になりましたが、北海道の不肖の弟子をいつも暖かく指導していただき、ご多用のところ、本句集のために序句を賜り、装釘をしていただいた中原道夫先生には、心より厚くお礼申し上げます。

令和二年五月吉日

橋本喜夫

橋本喜夫（はしもと・よしお）

昭和32年北海道霧多布生まれ。58年、旭川医科大学卒業。

平成10年「雪華」（深谷雄大主宰）に入会、11年「銀化」（中原道夫主宰）に入会。

15年「やぶくすし」50句で第5回俳句界賞受賞。

16年「銀化」同人。

17年句集『白面』刊行。18年、同書で第26回鮫島賞・加美俳句大賞スウェーデン賞・第7回北北海道現代俳句協会賞を受賞。

28年「雪華」主宰を継承。

〒078-8345
北海道旭川市東光5条6丁目1－22
kakouton@potato6.hokkai.net

句集　潜伏期（せんぷくき）

令和2年5月30日　初版第1刷発行

著　者　橋本喜夫

発行人　山口亜希子
発行所　株式会社書肆アルス
東京都中野区松が丘1-27-5-301
〒165-0024
電話　03-6659-8852
振替　00140-0-487828
印刷製本　株式会社厚徳社

ISBN978-4-907078-31-7 C0092